自由

Ryoko Oguchi

大口玲子

現代歌人シリーズ
30

書肆侃侃房

もくじ

二〇一九

二〇二〇

装幀　間村俊一

一九六九年十一月十七日、この国の敗戦から二十四年後に私は生まれた。

まえがきにかえて

風のごとくじぶんは

一九八九　早稲田大学入試の日に大喪の礼が行われた。

同じ問題解きゐし三万人のうちの一人とのちに結婚せりき

一九九〇　東京から電車とフェリーを乗り継いで沖縄へ。

まだ酒を知らず怖いもの何もなく基地の爆音にとがりつつ居き

一九九一　北京語言学院

王府井《ワンフーチン》天主堂そびえ香菜《パクチー》に噎せつつ素通りせりきイエスを

一九九二　日本語教育能力検定試験に合格。

今よりも明るかりしか日本語も日本も日本人もじぶんも

一九九三　昼間は働き夜間に日本語教師研修を受けていた。

合併しひらがなとなりし「さいたま」に与野市ありにきひとり暮らしゐき

一九九四　週に三回、外国語話者に日本語を教える実習。

つきつめてつきつめてわが日本語の拙さのみをきはめゆきしか

一九九五　中国吉林省長春市東北師範大学赴日留学生予備学校

野の花をコップに挿して教卓に置きくれし誰か偲はゆ今も

一九九六　日本語学校の非常勤講師をかけもちしていた。

東電のでんこちゃん来て夜更かしのわれを戒めるごとき口ぶり

一九九七　留学生日本語教育センター

事務執りて留学生と淡く濃くかかはりながらじぶん見えずき

一九九八　歌劇「さまよえるオランダ人」

行かざりしベルリン・オペラの海荒れてお見合ひ相手の片耳ピアス

一九九九　井上ひさし『東京セブンローズ』

日本語は辛く残りてローマ字で入力してゐるじぶんの短歌

二〇〇〇　結婚して仙台市へ。

われにひとりの義姉あり宮下・クットリル・イメルダ・ヴェロニカ火の瞳して

二〇〇一　沖縄新婚旅行の前に見た映画「ナビィの恋」。

平良とみが口にするたび「アイシテルランド」にじぶんも行ける気がした

二〇〇二　転居して石巻市へ。

日常に雪ありしころ冬の夜も朝もじぶんはじぶんが嫌ひ

二〇〇三　旧北上川

いくつもの川を渡りてたどりつきしかの港町に死を思ひゐし

二〇〇四　石巻ハリストス正教会聖使徒イオアン聖堂

晩禱を覗き見たりき「イオアンはヨハネ」と教へられし夕べに

二〇〇五　漁協の人にまじって煮魚定食をたべていた。

震災後の消息を問ふこともなく思ふのみ魚町の食堂

二〇〇六　宮内庁の発表は「妊娠六週前後」。

親王妃三十九歳の懐妊を聞き流し風のごとくじぶんは

二〇〇七　仙台市若林区役所家庭健康課

飛び交へるとんぼながめて不安なりき母子手帳もらひたりし真昼間

二〇〇八　「マリア・エリザベト、これがあなたの名前です」

洗礼名に初めて呼ばれたりし日のわれは妊娠七か月なりき

二〇〇九　心の花全国大会で宮崎へ。

スリングに一歳の息子ぶらさげてじぶんは授乳Tシャツを着て

二〇一〇　映画「海炭市叙景」

路面電車の線路越えゆく後姿《うしろで》の竹原ピストル見えなくなりぬ

二〇一一　三月十一日は父の七十歳の誕生日だった。

洗礼に古きじぶんは死にたりきそののち自由となりてじぶんは

二〇一二　牧水は死の不安が強くなかったであろうと伊藤一彦が書いている。

満四十三歳で死にし牧水と同じ歳となりかすか揺らげり

二〇一三　長谷川集平『およぐひと』

およぐひとに背中を向けてバスに乗りじぶんは「とおくへいくひと」だった

二〇一四　聖書研究は「ホセア書」を終えて「アモス書」へ。

一籠の夏の果実の爛熟の終末をわれも見るのだらうか

二〇一五　友人は前穂高岳登山中、落石に巻き込まれた。

一二〇メートル滑落せしのちの雪上の死を見しやコガラは

二〇一六　教皇フランシスコ『回勅ラウダート・シ』翻訳者としてシンポジウムに登壇された。

瀬本神父の関西弁の率直はペットボトルをやはらかく拒む

二〇一七　「共謀罪ってなあに」講演会場駐車場。

ポロシャツの白さはやかに公安の人近づき来　五月の朝を

二〇一八　宮崎県都城市に転居。

土地の人のごとくに「ミヤコンジョ」と言はずわれは盆地に暮らしはじめぬ

二〇一八

先端

新燃岳の方角を窓に確かめて今日から支社の三階に住む

朝夕の支社の窓から神柱宮《かんばしらぐう》の鳥居の先端は見ゆ

「わたくしたちは、風光り、水澄む霧島の大地に生きる都城の市民です」

都城市民憲章はきはきと暗唱してゐる息子の朝は

どぶろくの取材に行きて戻りたる夫の土産の〈縄文サブレ〉

都城駅徒歩三分　伝説の〈おでんジャングル〉の鍋の深さよ

心尽くして息子が踊る「妻ケ丘よかとこ音頭」に手拍子をして

バスに耳すましてわれは七頭の牛飼ふ人の隣にすわる

二十五ノット

ポレンタを二十分煮てきみ去らむ春に二十分近づく夕べ

いつも通りの説教をいつも通り聴きはらりきらりと四旬節過ぐ

ゆつくりと握手して人と別れたり「Sursum corda《スルスム・コルダ》」と言ひくれしこと

あきらかに出航時刻過ぎたれば二十五ノットで人離りゆく

その人は二等船室に横たはる頃か蕎麦茹でて食べてゐる夜

着信のたびに鋭く鳴く鳥の打ち消しがたく人去りゆけり

山公園

神柱宮《かんばしらぐう》の鳥居をくぐるとき水鉄砲に狙はれてゐる

子が連れてきてくれたここは山公園ちひさな山は立入禁止

星座板くるりと回し南天に息子はさそりのしっぽを探す

お抹茶は夏の思ひ出　懐紙には金魚のかたちの干菓子がひとつ

年上の女子と楽しげに下校して「じや」と別れたる息子を見たり

そのかみの『万葉集』に「夏は来ぬ」に樗散り島津邸にも散りぬ

海峡

川沿ひと信じ歩いてきた朝のここは川ではなくて海峡

海峡といふ非日常を子と歩き猫の親子とすれ違ひたり

右は不知火、左は有明　標識は二つの海をやじるしで指す

対岸は天草上島　ボート去り水面のふるへ長く続けり

イルカ飛ぶ天草の海に沈められアダム荒川殉教せりき

経消しのオラショとともに「経消しの壺」に消されし経文の嵩

海上マリア像の御顔は海上より見るほかなくて夕日を仰ぐ

小さき漁船の船尾に立てる人はいま深く礼して過ぎゆきにけり

本渡瀬戸歩道橋といふ赤い橋　船通るたびの昇降を見つ

踏切がゆつくり上がりたるのちに一人で橋を渡りはじめる

海暗くあるのみ白き灯台は光の問ひを投げつづけをり

言葉に出さず

風澄みて遠くの山のあかるさよ百日ぶりにきみと会ひたり

あらためて話すべきことなにもなしと気付きつつ行く滝までの道

関之尾滝《せきのをのたき》にかすかに虹立ちてともに見たりき言葉に出さず

水けむり浴びつつ立てり大滝にまぢかく声を濡らさぬ人と

大滝は神のごと在りその奥に男滝と女滝離れてありぬ

滝壺に女は消えて悲しみし男の一首は地上に残る

椿の夜に

城山の椿は落ちてなほひらき蕊のかそけきくれなゐを見す

椿落ちて踏まれたりゆふべ石段に椿の蕊も人に踏まれて

にんげんを恋にときには戦ひに急き立つるごと早咲きつばき

ヒヨドリは花をむさぼり体内にうすもも色の椿をともす

三号機増設計画進みをりつばきさざんくわひらくこの世に

鹿児島地裁２０６号法廷に入れば椿凍れる気配

原告の意見陳述一人目の住職の黒き作務衣は震ふ

「当社は、原告が主張するような重大な事故の具体的危険性は無いため、
原告の請求の棄却を求めております」（九州電力ホームページ）

丁寧に書かれてあればわれもまたしづかに寒く陳述すべし

Ａ４で二枚の意見陳述書読みつつ落椿の加速せり

鳥も歌人も居ない真昼の法廷に『鳥の見しもの』の一首読み上ぐ

陳述を終へて座ればしてはならぬ拍手を咎むる声の鋭さ

九電側・国側が座る被告席十五人中の女性六人

真向かひの被告席には白椿まれに目の合ひ目をそらすなり

いつからかヒールの足は組まれをり原告われと向き合ふ人の

準備書面要旨説明続きをりモニターに原子炉の図が映る

もうみんなわかつたはずの本当は「あり得ることは、起こる」といふこと

原告席より眺むれば傍聴席二列目の息子ふかく眠れる

「九電さん」　呼びかくる声はやはらかく次回期日の予告されたり

「お母さん声がおどおどしてゐた」　と寝てゐたはずの子が指摘せり

裁判所に売店ありて住職は煙草を息子はジュースを買ひぬ

ボヘミア王国に生まれ、フィリピンに派遣された。

植物の東洋に遣ひし宣教師ゲオルグ・ヨーゼフ・カメルの椿

フィリピンに椿の種を拾ひけむ聖書をめくりたりしその指で

東洋にイエスを伝へ西洋へ椿の種を運びしカメル

「ずっと先まで、明るくしたい」（九州電力ホームページ）

「ずつと先」と九電さんが言ふ未来いかなる明度に咲かむ椿は

城山を背景にぬつと現るる西郷隆盛像に雨降る

今つばき落ちたよと指させる子の頬傷つばきの花びらほどの

にんげんがメモをとりつつ聞くべきは椿の陳述　椿の夜に

夜の更けのつらつらつらつばきつらつらに燃料プールを見たりし記憶

塩気

お互ひを刺す向きにナイフ置かれゐてポレンタにチーズたつぷり載せて

食前の祈り英語は短くてきみより長く祈りて食べる

近況をまた思ひ出をペコリーノチーズの塩気とともに味はふ

すさまじき喧嘩せし夜の記憶あり今しみじみとピザを分け合ふ

微笑みをうけとめてわれは微笑まずともにささぐるミサのはじめに

五部浄

西大寺に行きたいと言つたのは私　朝の阪神尼崎駅

阪神なんば線はどこかで近鉄に変はり降りたる大和西大寺駅

侍者として善財童子は空仰ぎふつくらと指を合はせて立てり

目を閉ぢてしばらくの後みひらけば善財童子は眼うるめり

秋篠寺南門より入りたり八一の歌碑はわれのみが見つ

沙羯羅像あたまに蛇を巻きつけてときにわが子のごとく親しき

晩夏《おそなつ》の阿修羅像きみは正面をわれは左の顔を見てをり

体温を持てるごとしも半身のなき五部浄の少年の顔

決してわれを待たぬ早足に前をゆくきみの後姿《うしろで》鹿がさえぎる

本当に行きたかつたのは赤目四十八滝逃ぐるにはあらざれど

ガーナチョコ

きみがため秋のクレソン買はむとし霧深き朝の自転車をこぐ

二泊三日を英語キャンプに過ごしたる息子帰りきてしばらく無言

ああいいね日本語が話せるつていいね夕べ晴れ晴れと息子言ひたり

ガーナ人の先生がくれしガーナチョコ味はひ深きを言ふ日本語で

混沌のミックスジュースを飲んで子は「関西人になりたい」と言ふ

橋いくつ渡り一〇〇キロを会ひに来て最後に小さき木の橋わたる

笑まひつつ告解室を出でて子はいかなる罪を告白せしや

髭伸びてたつた二人に説教をしてゐるきみを聖堂に見つ

予告なく去りたるきみの決して人をよせつけぬ冬の樹木の清さ

菫ほど小さき　悼　小紋潤さん

十二月二十八日

通夜二件ありてこの夜を一階も地下も灯せる信徒会館

ヨハネ小島義明（一九四七 五島市―二〇一八 長崎市）

苦しみはすでに終はりぬロザリオを手に持たされて花に埋もれて

初雪や「忘れがたみ」といふ言葉かすかしめらせ長崎に降る

小雪舞ふ浦上天主堂前に来べきひとりを待ちて立ちにき

ネクタイを直してほしいと電話あり黒きネクタイを直しやりたり

ヨハネ小島義明の一生《ひとよ》はきはきと若き司祭が語れば清し

簡素なる降誕祭の電飾のはかなく青き点滅をせり

それが最後になると思はず窓外の琉球朝顔ともに見しこと

十二月二十九日

これもまた被爆遺構と教へられ子とのぼりたる古き石段

葬儀ミサ十五分前　子はひとり浦上天主堂香部屋へ

侍者服で祭壇脇に立つ息子　小島義明もかく立ちにけむ

式次第それることなく葬儀ミサ続けり三人の司祭のもとに

親戚の小島神父が祈るとき口もとに子はマイク添へたり

きみ逝きて人集ひたる浦上の聖堂　献花の白つもりゆく

本心をかたく見せぬまま人は逝き遺影を持ちて歩む青年

紅葉谷葬祭場に立ち尽くす永田和宏の後ろに立てり

紅葉谷葬祭場の冷えまさり遺骨の白さのみ鮮しき

会ひたかりし誰彼を待ち居たりけむ菫ほど小さき願ひありけむ

人間に死といふ節目あることを知りて十歳の息子涙す

Love & Peace

「二分の一成人式」といふ節目　偽物ならむ節目としては

「十歳の発表会」にわが息子百人一首の二首暗唱す

「ラ・クンパルシータ」踊るのではなくてピアニカとリコーダーの合奏

音読にダンスもあつて多国籍女子アイドルグループの真似あり

十歳の声に読み上げられながら木下順二の日本語の冴え

子どもの大好きな「男の勲章」が隣の教室からも聞こえ来

諸県弁落語のオチに子どもらは「ひつたまがつた」と叫ぶかはゆし

一人づつ掲ぐるボードの一言に「Love & Peace」と息子は掲ぐ

担任の先生が泣き保護者泣き女子も泣きたりわたしは泣かず

二〇一九

黒き桜

旧淀川沿ひに桜の木は立ちて雨に濡れをり開花の前を

フェルメール見に行かずきみに従ひて大阪拘置所正門に来つ

家族さへ訪ねることのなき人を人ゆゑに今朝は訪ねむとして

二千人の気配はなくて朝の雨そそぐ収容棟を仰げり

会ふためにもらふ番号この朝の五番六番もらひて待てり

大阪拘置所面会室３番

面会の椅子は低くて冷たくてアクリル板の汚れが目立つ

報道の写真に見慣れた金髪を想像ししかしそんなはずもなく

面会は「主の祈り」唱へ始まりぬ司祭の声に声は従ふ

イエスが来たのは、正しい人を招くためではなく、罪人を招くためである。

死刑判決受けたりし人の声に聞く聖フランシスコの平和の祈り

フリースの差し入れに感謝する人は立ち上がり深々と礼したり

殺された子どもがうちの子だつたらとアクリル板を隔てて思ふ

キッチンにあるやうなレモングリーンのタイマーがやけに私をせかす

「本日の面会時間は三十分」

左手ですばやく「郷隼人」と書きてアクリル板越しに見せくれぬ

「前科があり、服役中に短歌の話を聞いたことがあります」

真新しき聖書その人が開くとき栞紐二本とも切られをり

差し入れ品から紐状のものはすべて取り除かれる。

【願箋《がんせん》】拘置所内で物品購入や受診などの申出をする際に作成させられる書面。

人間に願ひはありて願箋に書ける願ひと書けない願ひ

差し入れ屋・丸の家

差し入れのための菓子とりどりにならびしばし子どものやうに迷ひぬ

殺された子どもがわが子だつたらと思ひ迷ひて選ぶカステラ

旧淀川

毛馬《けま》水門過ぎて枚方へ行くと言ふ　浚渫作業を指示する人は

砂運ぶ船を見送りふたたびを雨にうたれぬ桜とともに

被害者や遺族の身になれば死刑は当然だという声。

殺された子どもがわが子だつたらと幾たびも思ひ帰路にも思ふ

近所の公園の桜の写真を送った二週間後。

桜見ることなき人より造幣局の桜の記事の切り抜き届く

便箋に捺されて黒き桜かな黒く小さき検閲印の

「牢に居たときに訪ねてくれたから」酢のごとくしみてイエスの言葉

群衆は叫んだ。「殺せ。殺せ。十字架につけろ。」

牢に居るイエスを訪ね十字架のイエスを殺す偽善者われは

その人が控訴を取り下げたるニュース聞きたり蛍見に行きし夜

見せることあらねど見せしめのごとき死を死ぬのか人は目隠しをされ

未決囚から死刑囚となりし人へもう届かない五月の手紙

殺すには理由のありてこの国の制度がさらに殺す　ひとりを

新しき船

風邪の子はマンゴーゼリー食べながら『タッチ』読みをりときに咳く

平成最後の大恋愛も見当たらず盆地霧濃き朝を発ちたり

大分駅北口に小さきザビエル像大き大友宗麟像立つ

大分銘菓ざびえるの箱にざびえるのサインはありてその赤き文字

わが夫は酔つて転んで捻挫してさらに飲酒して帰宅せり

ベトナム人技能実習生増えて教会はつねに新しき船

ベトナム語ミサの始まるまでわれも共に見上ぐる日本のさくら

麦茶

今朝われはトンチンカンな嫁としてケアマネに花林糖を勧める

病院のエレベーター前　車椅子に目を瞑りゐる義母と会ひたり

こはいこはいとつぶやきながら車椅子からベッドへと移され眠る

「ひさしぶり、誰だつたつけ」と言はれたるわれはふつつかな嫁として立つ

おかあさんお茶飲みますか　吸ひのみごと冷やしてつめたすぎる麦茶を

もう歩くことなき義母の靴、日傘もらひて帰る夕べ　蟬声

要介護1から5となりたる義母にもらつてばかりの過去そして今も

マンゴーが塩おにぎりが好きだつた義母にトンチンカンな嫁われは

鯉はそれぞれの

母の日の母置き去りにわれら来て高千穂牧場の山羊に草やる

山羊の子はメエエエと声引き伸ばし山羊の子らしき一声を鳴く

草やれば無心に口を寄せてくる山羊見つめつつ無心となりぬ

囲炉裏会席中盤の皿の上《へ》の鮎のうるかをかすか舐めたり

食用と観賞用を区切る石　鯉はそれぞれの生を泳げり

わがうちにふかぶかと杉立たせつつ狭野神社表参道をゆく

仁王像の憤怒の前につつしみて子は箒取り落ち葉を掃けり

祓川《はらひかは》湧水園

永遠のごとく水湧きあふるるを人は汲むのみペットボトルに

祓川神楽堂今は閉ざされて瞑目すらし新緑のなか

船

冷や汁をざぶざぶざぶと食べ終へて自転車で募金振り込みに行く

関はりを持ちたくて送る金銭の一隻の小さき船買ふための

抗議船「不屈」に続く姉妹船買はれ如何なる名を付けられむ

「号」も「丸」もつかないといふ船「不屈」屈しないといふ使命を帯びて

牧師であり船長である金井創《はじめ》　大浦湾に舵を握れる

かりゆしを着てその人は権力に負け続けたりしイエスを語る

ゴミの山に辺野古にイエス立つと言へり小さくされた人々のなかに

教科書に沖縄を学びたる息子「調べ学習」に基地を調べて

「小学社会5年」さまざまな土地のくらし

エイサーとヤンバルクイナと軍用地　一番大きいエイサーの写真

「普天間」も「辺野古」もなくて「軍用地」（宜野湾市）とのみある写真見つ

先の丸き息子のはさみが朝刊の辺野古の海を切り抜いてゆく

YouTube に子と見てゐたりゆらゆらとコモチハナガササンゴ揺るるを

二年前、辺野古に行った。

海上工事始まる二日前の海はりつめて静かなりし辺野古は

極大

康京和《カンギョンファ》の知性は冴えて大阪の料亭天王殿に響けり

流れ星さがすとき月に背を向けて心は何に向けてゐるのか

悲しみは極大となり夜の更けのペルセウス座流星群を待つ

熊本駅トイレに忘れたパソコンははるばる旅して帰りきたりぬ

今朝われが真実行きたき場所として「カフェうたたねこ」小さき看板

「長崎に居ます」とショートメール来てわれの目を深く瞑らしめたり

長崎の原爆の火と重なりてエディット・シュタインの洗礼の水

船長の家

宮崎市へ転居

カーテンを売る人は皆てきぱきと窓の大きさのみを聞き取る

三枚の書類書きたり同じ名の違ふ印鑑二か所に捺して

海渡り長旅にありし船長の住み居し家に住みはじめたり

転校し今年二度目の運動会少し疲れて立つ息子見ゆ

スターターピストルに込める紙火薬あつかふ息子の大き耳栓

ピストルの弾込め係となれる子は心をこめて弾込めてをり

引越して渡るべき橋かはりたれど夕べ大淀川を渡りぬ

対局

「今日は帰ります」と教頭に言ひて帰る息子あつぱれと内心思ふ

学校を休みて将棋道場へ行きたる息子の対局いかに

気の強い女子と対局するときの息子一瞬のためらひを見す

湯につかりメロンパン食べ麦茶飲む息子の至福を時々のぞく

「寝る前の十分読書」をする息子　一日中読書してゐたのに

三週間学校に行かず図書館とミサと歌会は欠かさず元気

土星の輪、木星の縞たしかめて子と入れ替はる望遠鏡の前

子の短歌《うた》に子のさびしさは歌はれて母として読めばさびしくなりぬ

アリーナ席

二〇一九・一一・二四

諫早を過ぎて激しくなる雨がバスの窓を打ち流れゆきたり

長崎は雷雨　路面はひた濡れて等間隔に警官が立つ

教会名掲げたるバスが次々に人おろしてはどこかへ消えぬ

レインコート着て並ぶころ小雨となり保安検査のころにやみたり

まづわれを次に息子を棒状の金属探知機が素早くなぞる

死者も来てをらむ長崎の球場に教皇ミサの開始を待てり

快晴の長崎県営野球場　アリーナ席の椅子は濡れをり

ＢＳＯ、ＨＥFcと文字白くその前に大き十字架が立つ

この席はピッチャーマウンドあたりだと息子が変な興奮をする

祈るべきときに祈らずわれも子も教皇を待つ間おしやべりをして

被爆マリア像は教皇より先に着きて祭壇脇に据ゑらる

被爆マリア静かに入りぬバチカンゆ来たりし人のスマートフォンに

入祭の歌はじまれば秋澄みて司祭の列は長く続けり

「まもなく」と放送はじまる時すでにパパモービルの白は見えたり

ザアカイは木にのぼり見き今われにのぼる木はなく爪先立てり

群衆としてのわたしは熱狂のうちに立ちたり息子も立ちぬ

アリーナ席Ｆ４ブロックのわが前をパパモービルは過ぎてゆきたり

鳥のごとく静かに速く移動して飛び立つことなしパパモービルは

教皇ミサ　王であるキリストの祭日

ラテン語の式文・スペイン語の説教ひびかせ静かなり球場は

長崎本線高架脇なればミサ中にいくたびか電車過ぐる音せり

三万人集へるミサに外国人技能実習生も多からむ

字幕追ひながら聞きたる教皇の〝Sursum corda《心を上に》〟空を仰げり

国家元首としても来日したる人は八十二歳、足ひきずりて

二〇一九・一一・二五　首相官邸大ホール

冬の夜を桜の花のはかなさに触れ話したり総理に教皇は

教皇フランシスコは、東京からローマに戻る特別機の中で記者会見し、原発はひとたび事故となれば重大な被害を引き起こすとして「完全に安全が保証されるまでは利用すべきではない」と明言した。

原発をやめるべき日本　政権もこひねがひたりし来日なれば

教皇が福島に行かざりしことさまざまに言はれさまざまに思ふ

ロジスティクスはＤ社が担ひたりしこと誰か囁き去りにし夕べ

二〇一九・一一・二四　原子爆弾落下中心地

われは何を祈りたりしや教皇の祈りは雨に濡れ長かりき

フェニックス・ハネムーン

君はバスで行くのかあるいは公用車か駐輪場もある武器見本市

ビジネスとしてスーツ着てタブレット携へ来らし武器を売る人

これもひとつのイベントなれば花飾るランチタイムあり潮風が吹く

饗庭野《あへばの》をそれず演習場をそれ秋の田に落ちし照明弾は

ペガススの胸のあたりか人間に発見されたる星のさびしさ

「フェニックス・ハネムーン」聴けり新田原《にゅうたばる》爆音訴訟に関はる人と

航空祭終はれば天地澄みわたり地上に作られゆく弾薬庫

来歴

ゆるされてさざんくわの花食ふ鳥と蜜吸ふ鳥と見てゐるわれと

打ち合はせの後に必ず水野屋の饅頭もらふ饅頭怖い

冷笑も共感も受け一輪となりて立ちたりフラワーデモに

腰低きジャグラーがナイフ投げながら自らの来歴を語りをり

きつちりと巻かれて並ぶせんもとに酢味噌少々　白ワイン飲む

ピーマンの内側に油味噌うすく塗りてかじりて飲酒続けむ

蕎麦すする夕べ竹原ピストルの「Amazing Grace」聞けば涙す

前向きに生きて下さいと書かれあり無期刑の人からの手紙に

河野裕子がナザレのイエスを詠みしこと思ひては顔上ぐる冬の夜

阿修羅

熊本県山鹿市康平寺

霜野とふ地名すずしき谷あひに二十八部衆揃ひ立ちをり

かつて悪神かつて檜の木でありし霜野の阿修羅は白き歯見せて

わが目には小父さんくさき味はひの三面四臂の憤怒の阿修羅

力づくで女を奪ふといふ悪を帝釈天もなししこと聞く

奪はれし娘を悲しみその牙をむき出しに阿修羅戦ひにけむ

その娘を奪ひかへさむとせし腕の太く短し霜野の阿修羅

春日野をかつて歩みき汗あえて少年阿修羅の洗練を見き

きらきらと悪意美しくありし日の八千草薫の修羅のひとこと

不登校は悪くないといふ物言ひに悪意はなくて慰めもなし

年の瀬の息子の山札《デッキ》にさへ「悪のサイヤ人」ゐてわれはかなしむ

二〇二〇

十三級

元日の大空と街の灯を映し大淀川は暮れ泥みをり

キッチンにわが隠し持つ瓶詰めの黒豆金柑栗渋皮煮

餡餅も雑煮も好きな子が作る「ベーコンチーズポテト餅」待つ

初めての昇級昇段戦終へて将棋十三級の息子は

学校に行かなくなつた息子かな夕べいきいきと将棋をさして

一緒に漫画読んでほしいと息子言ひ「ケシカスくん」を朝から読めり

あかねさす日比谷高校剣道部ＯＢ会費の振込みをせり

鬼のやうに強かつたわれ　このところオセロで息子に勝てなくなりぬ

先生はわれに謝るも本当は息子に謝るべきと思ひぬ

苦しみのうちに過ぎしやかの夏の六月灯も歌はず去りき

心ふさぎ東口をゆくわれの目に長嶺内科の広告ともる

『ひふみんのワクワク子ども詰め将棋』われは七問のみ解き終へつ

文楽公演二月は東京。

公金に手をつけ今宵追はれゆく梅川忠兵衛にふる紙の雪

自由

豆よりも納豆が好きと子は言へり原野火災の広がる朝《あした》

「学校としては児童一人で過ごさせることはできかねるので」

教室へ行かず図書室で読書する息子に付き添ひ『歓待』を読む

息子のため給食を運びくるる子がシチューこぼして引き返しゆく

図書室登校ながく続けば「お母さんの給食も出せます」と言はれたり

給食が終はれば「First Love」流れわれも静かに食器を運ぶ

読むべき本すでに読みつと言ひて子は図書室登校やめてしまへり

宮崎の小学校に秋休みあればその後も休み続けて

学校には自由がないと子が言へり卵かけご飯かきまぜながら

学校に行かなくてもよいが勉強はすべしと思ふ　自由のために

生きのびる自由を捨てて餓死刑を選びしコルベ神父の自由

体育館シューズを取りに行きたいとそれだけのために学校へ行く

学校の廊下の壁に銀色のさすまた冷えて吊られてゐたり

五年一組

立春を過ぎて日は伸びひさびさの教室　じぶんの席に座れり

リコーダーも持つて帰ると子は決めて「さびしい時に吹くから」と言ふ

友達の習字や版画を丁寧に見てゐる息子　西日眩しみ

帰りぎは校長室に顔出して子は深々と頭下げたり

学校においでとひとことも言はぬ校長遠慮がちに礼せり

指示されてわれは素早く記入せり給食停止届の書類

「停止の理由」にしばらく迷ひたるのちに「長期欠席」とひらめきて書く

読み聞かせボランティア

『あかにんじゃ』読み終はりたるわたくしもドロンドローンと教室を去る

二月十二日

牧水賞二次会に来て「こち亀」を読み続けゐる息子を憎む

「あの人は会ふたび酔つぱらつてるね」あの人はわが歌の師である

わたくしの授賞式には四歳のわが息子居きかはゆかりにき

野球小僧が『野球小僧』にサインするペイントマーカー金色の文字

二月十三日

英文科の若山繁の英語力如何なりけむ由利子さんと話す

牧水記念文学館には受賞者の数だけ小さき海のありたり

プロテスタントの信者でラテン語もギリシャ語も学んだと聞く

受賞者の母として黙し同行する多恵子さんの挙措にイエス見ゆ

由利子さんと別れたるのちのわたくしは違憲訴訟会議に押し黙る

学校へ行かない自由に揺れてをり川辺に群るる菜の花の黄《きい》

〈杉の子〉の若女将からの友チョコに母チョコ添へて子に渡したり

学校の木として正門脇に立つアラカシの実を子は拾ひしや

うさぎとマスク

件名は「Ciao《チャオ》」本文なきメール来て開けば満開の花蘇芳

手を洗ひうがひしてから野良坊菜のみどり菜花のみどりを洗ふ

公害手帳更新のための呼吸機能検査に長く息を吐きたり

三月十一日

聖堂を出でて桜の木に吊られ外気に触れて鐘は小さし

震災の時刻は何分だつたつけ　桜の木の下に訊ねくる人

サイレンが鳴ればひとりづつ紐引きてみづからの手に鐘を鳴らせり

震災避難者四万八千人に来む春とは何ぞマスクもなくて

あの春もマスクしてゐた　マスクして脱兎の勢ひありしやわれに

あの春のマスクは十分足りてゐてうさぎのやうに孤独だつたと

震災避難者四万八千人と言ひ五輪開催の是非をまだ言ふ

ひとたびもマスクをとらず聖書講座終へ祈り終へ司祭は去りぬ

学校の授業たやすくなくなりぬそのスピードを怖るるわれは

安保法制違憲差止訴訟敗訴判決要旨の届く春の夜

インターネット動画配信のミサの間を蠟燭の炎揺れつづけをり

鍵かけて夕べを籠り復活のイエスと何処で会はむこの春

さへづり

仲間はづれにされたる夢に馬酔木白く甘美なりしと覚めて思ひぬ

「パプリカ」を歌ひつつ着替へゐる息子いまだコルリのごときさへづり

春キャベツ食べても食べてもまた届くよろこびは誰にも奪はれず

鉛筆でマタイ伝五章書き写しし山川登美子のさいはひ思ふ

日曜のミサは自粛の聖堂にひとり来てひとり祈れるまひる

あの春はなんともなしに聞いてゐた「恋ではない」といふ断言を

長距離移動かなはぬ春か肉焼いて筍焼いてまた会ひたいね

独慎

花桃は白とうす紅に咲き分けて入居半年のわれに名のりぬ

風中に棕櫚の葉を持ち二メートル間隔に祈る人々を見つ

鶯の声に目覚めて鶯の声に応ふる人間のこゑ

前世はすずめと言ふ子　キリスト者のお前に前世なんてないのに

オンライン聖書講座を週一度オンライン飲み会はいまだせず

Skype《スカイプ》に聴くガラテア書解釈に濃厚接触あるべくもなく

晩柑をむいては食べてしんしんと独りを慎むべき春の夜

休校の息子は小枝に蜜柑刺しあしたゆふべに鳥たちを呼ぶ

パリピ

saboribar《サボリバー》に人生をサボり飲んで居る赤ワインときにチーズつまんで
恋人はどんな人かと訊ねれば「黒髪だけどパリピに見える」

春の夜のスマートフォンに子が塾を退室したる時刻が届く

ほたるなすほのかに眉をそりたりしのちに逢ひたりマスクをつけて

いくたびも「ながれぼし」と言ふ配信にとぎれとぎれの波音も聞く

夜の淵の大袈裟太郎の声にまじる波音に名護の闇を思へり

キャサリン

春の夜の３密避けて白魚の踊り食ひは噛まずに飲めと言ふ

白塗りのキャサリンが住む都城ゆふべキャサリンに会ひにゆきたし

立葵その紅を過ぐるときマスクのわれの何か見抜かる

花菖蒲直立の白にまじりつつ記憶のごとく紫立てり

白塗りのキャサリンも今はマスクして都城から出られぬ春か

ジャカランダの落ちたる花も木に残る花もむらさきにけぶるあしたは
問ひとしてブランコ垂れてゐる朝《あした》息子よ立ち漕ぎからジャンプせよ

盗み見

枇杷の葉に枇杷の実隠れ　子はぐいと高枝切り鋏を差し入れぬ

日の暮れに子はリコーダー吹いてをり「マルセリーノの歌」きらきらと

Marcelino Pan y Vino

なぜこれが音楽の教科書に載るのかとモノクロの映画観つつ子の問ふ

背伸びしてパンを差し出す子どもの手うつくしかりき息子に言はず

ヨモギの葉摘んで教へてくれたりき五歳の息子はお餅が好きで

方眼ノート半ページほどにまとめ子は四大公害病を知りたり

学校を休んだ息子と散歩して茗荷のてんぷら食べたき夕べ

図書館に盗み見てをり『はだしのゲン』読んで苦しむ子の横顔を

コノハズクしきりに鳴ける夜の更けを覚めつつ応ふるすべなきわれは

真夜中のウッドデッキを通り抜け一瞬われと目を合はす猫

地に低く茗荷の花のひらくころ『母系』『葦舟』『蟬声』と読む

オーロラを動かす

学校のどこにも息子の居場所なきまひるま巡る極地パネル展

アムンゼンとスコットどちらが好きと問はれ息子とわれの答へは違ふ

オーロラを動かすマウスに触れて子はひとり極地に立つごと冷えて

犬ぞりで百万年の氷床を子と行かばいかに面白からむ

売店に宇宙食あれば宇宙食の焼き鳥を買ひすぐに食べたり

あぢさゐのかすかなるあを日本のひなた宮崎青梅雨のなか

古代蓮

きみに逢ひそののち逢はむ古代蓮思ひ始発のバスに乗りたり

古代蓮咲き揃はむとする朝を二千年の雨降りそそぎをり

蓮の実も仏像も深く眠らせて混沌の池の不動の眠り

高麗の青磁の器に刻まれて蓮の花ほそき線となりにき

「チブサン古墳のチブサンは乳房」と記し装飾古墳館の明るし

前方後円墳を崩せり古代米のごはんは古墳の形に盛られ

恋人に触れたりし指に描きけむ古墳壁画の朱色の小鳥

彩色の古墳壁画に鳥や舟を描きし指いかに自由なりけむ

古代蓮は二千年の水を湛へつつ現在進行中の雨のなか

*

献水は献花に先立つ　水のへに至りえざりし人びとのため

花よりも先に供ふるべき水の切なかりし記憶を聞きしのみ

まづ水が供へられたりそののちを政治家の献花長く続けり

かの年も六日九日よく晴れて夏暁の空を仰ぎけむ　人は

あざやかに雨傘ひらき香港の夜につぎつぎひらきたりしを

白きマスク、白きブラウスのアグネスはカメラ越しに見つむわれの自由を

アパートから連行されゆくアグネスをこの夜見送るのみか世界は

蓮の実は二千年眠り人間の七十五年をしづかにわらふ

あとがき

二〇一八年春から二〇二〇年秋までに発表した作品から四〇八首を選んでまとめました。私の第七歌集となります。

ごく私的な体験と身の回りの事柄を書きとめた作品が中心となりました。自分としては東日本大震災後をどのように生きるかということについて、現時点でのひとつの答えとなり得るだろうか、なっていればと思いますが、読者にはこの一冊を自由に読んでいただけたらうれしいです。

「自由」という言葉の辞書的な意味は「自分の心のままに行動できる状態」であり、私達は何の束縛もなしに好き放題することだけを思い浮かべてしまいがちですが、人間にとっての自由の本当の意味はたぶんそこにはないのでしょう。

ドイツの神学者であるディートリヒ・ボンヘッファーは「自由になる」ということについて、「他の人々のために自分自身から自由になることを意味する」と述べ、「自由への途上における宿駅」という詩の中では次のように書いています。

己が好みのままではなく、あえて正義を行ない、
さまざまの可能性の中に動揺するのではなく、現実的なものを大胆に摑みとれ。
観念の世界への逃避ではなく、ただ行為の中にのみ自由はある。

（宮田光雄『ボンヘッファーを読む』（岩波書店）より）

反ナチ抵抗運動のメンバーとしてヒトラー暗殺計画にも関わったボンヘッファーが、逮捕され、刑務所や地下牢や強制収容所での生活をしいられながらなお自由であり続けたこと、その苦しみと喜びに思いをめぐらせつつ、「自由」というタイトルを選びました。

書肆侃侃房の田島安江さん、黒木留実さん、装幀の間村俊一さん、歌誌「心の花」のみなさん、そして家族に感謝いたします。ありがとうございました。

二〇二〇年十月十三日

大口玲子

■著者略歴

大口玲子（おおぐち・りょうこ）

1969年東京都大田区生まれ。歌誌「心の花」所属。早稲田大学第一文学部日本文学専修卒業。中国長春市、東京や仙台市や福島市で日本語教師をつとめる。1998年、「ナショナリズムの夕立」で第44回角川短歌賞受賞。宮城県仙台市、石巻市などを経て、現在は宮崎県宮崎市在住。

歌　集　『海量《ハイリャン》』（雁書館 1998）
　　　　『東北』（雁書館 2002）
　　　　『ひたかみ』（雁書館 2005）
　　　　『トリサンナイタ』（角川書店 2012）
　　　　『桜の木にのぼる人』（短歌研究社 2015）
　　　　『ザベリオ』（青磁社 2019）
歌文集　『セレクション歌人5　大口玲子集』（邑書林 2008）
　　　　『神のパズル』（すいれん舎 2016）

「現代歌人シリーズ」ホームページ　http://www.shintanka.com/gendai

現代歌人シリーズ30

自由

二〇二〇年十二月十五日　第一刷発行

著　者　大口玲子

発行者　田島安江
発行所　株式会社　書肆侃侃房（しょしかんかんぼう）
〒八一〇・〇〇四一
福岡市中央区大名二・八・十八・五〇一
TEL：〇九二・七三五・二八〇二
FAX：〇九二・七三五・二七九二
http://www.kankanbou.com　info@kankanbou.com

DTP　黒木留実
印刷・製本　アロー印刷株式会社

ISBN978-4-86385-435-2　C0092

現代歌人シリーズ

四六判変形／並製

現代短歌とは何か。前衛短歌を継走するニューウェーブからポスト・ニューウェーブ、さらに、まだ名づけられていない世代まで、現代短歌は確かに生き続けている。彼らはいま、何を考え、どこに向かおうとしているのか……。このシリーズは、縁あって出会った現代歌人による「詩歌の未来」のための饗宴である。

1. 海、悲歌、夏の雫など　千葉 聡　144ページ／本体 1,900 円＋税／ISBN978-4-86385-178-8

2. 耳ふたひら　松村由利子　160ページ／本体 2,000 円＋税／ISBN978-4-86385-179-5

3. 念力ろまん　笹 公人　176ページ／本体 2,100 円＋税／ISBN978-4-86385-183-2

4. モーヴ色のあめふる　佐藤弓生　160ページ／本体 2,000 円＋税／ISBN978-4-86385-187-0

5. ビットとデシベル　フラワーしげる　176ページ／本体 2,100 円＋税／ISBN978-4-86385-190-0

6. 暮れてゆくバッハ　岡井 隆　176ページ（カラー16ページ）／本体 2,200 円＋税／ISBN978-4-86385-192-4

7. 光のひび　駒田晶子　144ページ／本体 1,900 円＋税／ISBN978-4-86385-204-4

8. 昼の夢の終わり　江戸 雪　160ページ／本体 2,000 円＋税／ISBN978-4-86385-205-1

9. 忘却のための試論 Un essai pour l'oubli　吉田隼人　144ページ／本体 1,900 円＋税／ISBN978-4-86385-207-5

10. かわいい海とかわいくない海 end.　瀬戸夏子　144ページ／本体 1,900 円＋税／ISBN978-4-86385-212-9

11. 雨《ふ》る　渡辺松男　176ページ／本体 2,100 円＋税／ISBN978-4-86385-218-1

12. きみを嫌いな奴はクズだよ　木下龍也　144ページ／本体 1,900 円＋税／ISBN978-4-86385-222-8

13. 山椒魚が飛んだ日　光森裕樹　144ページ／本体 1,900 円＋税／ISBN978-4-86385-245-7

14. 世界の終わり／始まり　倉阪鬼一郎　144ページ／本体 1,900 円＋税／ISBN978-4-86385-248-8

15. 恋人不死身説　谷川電話　144ページ／本体 1,900 円＋税／ISBN978-4-86385-259-4

16. 白猫倶楽部　紀野 恵　144ページ／本体 2,000 円＋税／ISBN978-4-86385-267-9

17. 眠れる海　野口あや子　168ページ／本体 2,200 円＋税／ISBN978-4-86385-276-1

18. 去年マリエンバートで　林 和清　144ページ／本体 1,900 円＋税／ISBN978-4-86385-282-2

19. ナイトフライト　伊波真人　144ページ／本体 1,900 円＋税／ISBN978-4-86385-293-8

20. はーはー姫が彼女の王子たちに出逢うまで　雪舟えま　160ページ／本体 2,000 円＋税／ISBN978-4-86385-303-4

21. Confusion　加藤治郎　144ページ／本体 1,800 円＋税／ISBN978-4-86385-314-0

22. カミーユ　大森静佳　144ページ／本体 2,000 円＋税／ISBN978-4-86385-315-7

23. としごのおやこ　今橋 愛　176ページ／本体 2,100 円＋税／ISBN978-4-86385-324-9

24. 遠くの敵や硝子を　服部真里子　176ページ／本体 2,100 円＋税／ISBN978-4-86385-337-9

25. 世界樹の素描　吉岡太朗　144ページ／本体 1,900 円＋税／ISBN978-4-86385-354-6

26. 石蓮花　吉川宏志　144ページ／本体 2,000 円＋税／ISBN978-4-86385-355-3

27. たやすみなさい　岡野大嗣　144ページ／本体 2,000 円＋税／ISBN978-4-86385-380-5

28. 禽眼圖　楠誓英　160ページ／本体 2,000 円＋税／ISBN978-4-86385-386-7

29. リリカル・アンドロイド　荻原裕幸　144ページ／本体 2,000 円＋税／ISBN978-4-86385-395-9

以下続刊